EL POTRO SALVAJE Y OTROS CUENTOS

Horacio Quiroga

Ahora bien, no podía ser sino allí. Yagual olfateó la piedra —un sólido bloque de mineral de hierro— y dio una cautelosa vuelta en torno. Bajo el sol a mediodía de Misiones, el aire vibraba sobre el negro peñasco, fenómeno éste que no seducía al fox-terrier. Allí abajo, sin embargo, estaba la lagartija. El perro giró nuevamente alrededor, resopló en un intersticio y, para honor de la raza, rascó un instante el bloque ardiente, hecho lo cual regresó con paso perezoso, que no impedía un sistemático olfateo a ambos lados.

Entró en el comedor, echándose entre el aparador y la pared, fresco refugio que él consideraba como suyo, a pesar de tener en su contra la opinión de toda la casa. Pero el sombrío rincón, admirable cuando a la depresión de la atmósfera acompaña la falta de aire, tornábase imposible en un día de viento norte. Era éste un flamante conocimiento del fox-terrier, en quien luchaba aún la herencia del país templado —Buenos Aires, patria de sus abuelos y suya— donde sucede precisamente lo contrario. Salió, por lo tanto, afuera, y se sentó bajo un naranjo, en pleno viento de fuego, pero que facilitaba inmensamente la respiración. Y como los perros transpiran muy poco, Yaguaí apreciaba como es debido el viento evaporizador sobre la lengua danzante puesta a su paso.

El termómetro alcanzaba en ese momento a cuarenta grados. Pero los fox-terriers de buena cuna son singularmente falaces en cuanto a promesas de quietud se refiera. Bajo aquel mediodía de fuego, sobre la meseta volcánica que la roja arena tornaba aun más caliente, había lagartijas.

Con la boca ahora cerrada, Yaguaí traspuso el tejido de alambre y se halló en pleno campo de caza. Desde septiembre no había logrado otra ocupación a las siestas bravas. Esta vez rastreó cuatro lagartijas de las pocas que quedaban ya, cazó tres, perdió una y se fue entonces a bañar.

A cien metros de la casa, en la base de la meseta y a orillas del bananal, existía un pozo en piedra viva, de factura y formas originales, pues siendo co menzado a dinamita por un profesional, habíalo concluido un aficionado con pala de punta. Verdad es que no media sino dos metros de hondura, tendiéndose en larga escarpa por un lado, a modo de tajamar. Su fuente, bien que superficial, resistía a secas de dos meses, lo que es bien meritorio en Misiones.

Allí se bañaba el fox-terrier, primero la lengua, después el vientre, sentado en el agua, para concluir con una travesía a nado. Volvía a la casa, siempre que algún rastro no se atravesara en su camino. Al caer el sol tomaba al pozo; de aquí que Yaguaí sufriera vagamente de pulgas y con bastante facilidad el calor tropical, para el que su raza no había sido creada.

El instinto combativo del fox-terrier se manifestó normalmente contra las hojas secas; subió luego a las mariposas y su sombra, y se fijó por fin en las lagartijas. Aun en noviembre, cuando tenía ya en jaque a todas las ratas de la casa, su gran encanto eran los saurios. Los peones que por a o b llegaban a la siesta admiraron siempre la obstinación del perro resoplando en cuevitas bajo un sol de fuego, si bien la admiración de aquéllos no pasaba del cuadro de caza.

—Eso —dijo uno un día, señalando al perro con una vuelta de cabeza— no sirve más que para bichitos...

El dueño de Yaguaí lo oyó:

—Tal vez —repuso—; pero ninguno de los famosos perros de ustedes sería capaz de hacer lo que hace ése.

Los hombres se sonrieron sin contestar.

Cooper, sin embargo, conocía bien a los perros de monte y su maravillosa aptitud para la caza a la carrera, que su fox-terrier ignoraba. ¿Enseñarle? Acaso, pero él no tenía cómo hacerlo.

Precisamente esa misma tarde un peón se quejó a Cooper de los venados que estaban concluyendo con los porotos. Pedía escopeta, porque aunque él tenía un buen perro no podía sino a veces alcanzar a los venados de un palo...

Cooper prestó la escopeta, y aún propuso ir esa noche al rozado.

—No hay luna —objetó el peón.

—No importa. Suelte el perro y veremos si el mío lo sigue.

Esa noche fueron al plantío. El peón soltó a su perro, y el animal se lanzó en seguida en las tinieblas del monte en busca de un rastro.

Al ver partir a su compañero, Yaguaí intentó en vano forzar la barrera de caraguatá. Logrolo al fin, y siguió la pista del otro. Pero a los dos minutos regresaba, muy contento de aquella escapatoria nocturna. Eso sí, no quedó agujerito sin olfatear en diez metros a la redonda.

Pero cazar tras el rastro, en el monte, a un galope que puede durar muy bien desde la madrugada hasta las tres de la tarde, eso no. El perro del peón halló una pista, muy lejos, que perdió en seguida. Una hora después volvía a su amo, y todos juntos regresaron a casa.

La prueba, si no concluyente, desanimó a Cooper. Se olvidó luego de ello, mientras el fox-terrier continuaba cazando ratas, algún lagarto o zorro en su cueva, y lagartijas.

Entre tanto, los días se sucedían unos a otros, enceguecientes, pesados, en una obstinación de viento norte que doblaba las verduras en lacios colgajos bajo el blanco cielo de los mediodías tórridos. El termómetro se mantenía a treinta y cinco-cuarenta, sin la más remota esperanza de lluvia. Durante cuatro días el tiempo se cargó, con asfixiante calma y aumento de calor. Y cuando se perdió al fin la esperanza de que el Sur devolviera en torrente de agua todo el viento de fuego recibido un mes entero del Norte, la gente se resignó a una desastrosa sequía.

El fox-terrier vivió desde entonces sentado bajo su naranjo, porque cuando el calor traspasa cierto límite razonable, los perros no respiran bien echados. Con la lengua de fuera y los ojos entornados, asistió a la muerte progresiva de cuanto era brotación primaveral. La huerta se perdió rápida— mente. El maizal pasó del verde claro a una blancura amarillenta, y a fines de noviembre sólo quedaban de él columnitas truncas sobre la negrura desolada del rozado. La mandioca, heroica entre todas, resistía bien.

El pozo del fox-terrier —agotada su fuente— perdía día a día su agua verdosa, y ahora tan caliente que Yaguaí no iba a él sino de mañana, si bien hallaba rastros de apereás, agutíes y hurones, que la sequía del monte forzaba hasta el pozo.

En vuelta de su baño, el perro se sentaba de nuevo, viendo aumentar poco a poco el viento, mientras el termómetro, refrescando a quince al amanecer, llegaba a cuarenta y uno a las dos de la tarde. La sequedad del aire llevaba a beber al foxterrier cada media hora, debiendo entonces luchar con las avispas y abejas que invadían los baldes, muertas de sed. Las gallinas, con las alas en tierra, jadeaban, tendidas a la triple sombra de los bananos, la glorieta y la enredadera de flor roja, sin atreverse a dar un paso sobre la arena abrasada, y bajo un sol que mataba instantáneamente las hormigas rubias.

Alrededor, cuanto abarcaban los ojos del foxterrier: los bloques de hierro, el pedregullo volcánico, el monte mismo, danzaba, mareado de calor. Al Oeste, en el fondo del valle boscoso, hundido en la depresión de la doble sierra, el Paraná yacía, muerto a esa hora en su agua de cinc, esperando la caída de la tarde para revivir. La atmósfera, entonces ligeramente ahumada hasta esa hora, se velaba al horizonte en denso vapor, tras el cual el sol, cayendo sobre el río, sosteníase asfixiado en perfecto círculo de sangre. Y mientras el viento cesaba por completo y en el aire, aún abrasado, Yaguaí arrastraba por la meseta su diminuta mancha blanca, las palmeras negras, recortándose inmóviles sobre el río cuajado en rubí, infundían en el paisaje una sensación de lujoso y sombrío oasis.

Los días se sucedían iguales. El pozo del foxterrier se secó, y las asperezas de la vida, que hasta entonces evitaran a Yaguaí, comenzaron para él esa misma tarde.

Desde tiempo atrás el perrito blanco había sido muy solicitado por un amigo de Cooper, hombre de selva cuyos muchos ratos perdidos se pasaban en el monte tras los tatetos. Tenía tres perros magníficos para esta caza, aunque muy inclinados a rastrear coatíes, lo que envolviendo una pérdida de tiempo para el cazador constituye también la posibilidad de un desastre, pues la dentellada del coatí degüella fundamentalmente al perro que no supo cogerlo.

Fragoso, habiendo visto un día trabajar al foxterrier en un asunto de irara, a la que Yaguaí forzó a estarse definitivamente quieta, dedujo que un perrito que tenía ese talento especial para morder justamente entre cruz y pescuezo no era un perro cualquiera, por más corta que tuviera la cola. Por lo que instó repetidas veces a Cooper a que le prestara a Yagual.

—Yo te lo voy a enseñar bien a usted, patrón —le decía.

—Tiene tiempo —respondía Cooper.

Pero en esos días abrumadores —la visita de Fragoso avivando el recuerdo del pedido— Cooper le entregó su perro a fin de que le enseñara a correr.

Corrió, sin duda, mucho más de lo que hubiera deseado el mismo Cooper.

Fragoso vivía en la margen izquierda del Yabebirí, y había plantado en octubre un mandiocal que no producía aún, y media hectárea de maíz y porotos, totalmente perdida por la seca. Esto último, específico para el cazador, tenía para Yaguaí muy poca importancia, trastornándole en cambio la nueva alimentación. El, que en casa de Cooper coleaba ante la mandioca simplemente cocida, para no

ofender a su amo, y olfateaba por tres o cuatro lados el locro, para no quebrar del todo con la cocinera, conoció la angustia de los ojos brillantes y fijos en el amo que come, para concluir lamiendo el plato que sus tres compañeros habían pulido ya, esperando ansiosamente el puñado de maíz sancochado que les daba cada día.

Los tres perros salían de noche a cazar por su cuenta — maniobra ésta que entraba en el sistema educacional del cazador—; pero el hambre, que llevaba a aquéllos naturalmente al monte a rastrear para comer, inmovilizaba al fox-terrier en el rancho, único lugar del mundo donde podía hallar comida. Los perros que no devoran la caza serán siempre malos cazadores, y justamente la raza a la que pertenecía Yaguaí caza desde su creación por simple sport.

Fragoso intentó algún aprendizaje con el foxterrier. Pero siendo Yaguaí mucho más perjudicial que útil al trabajo desenvuelto de sus tres perros, lo relegó desde entonces en el rancho, a 1a espera de mejores tiempos para esa enseñanza.

Entre tanto, la mandioca del año anterior comenzaba a concluirse: las últimas espigas de maíz rodaron por el suelo, blancas y sin un grano, y el hambre, ya dura para los tres perros nacidos con ella, royó las entrañas de Yaguaí. En aquella nueva vida el fox-terrier había adquirido con pasmosa rapidez el aspecto humillado, servil y traicionero de los perros del país. Aprendió entonces a merodear de noche por los ranchos vecinos, avanzando con cautela, las piernas dobladas y elásticas, hundiéndose lentamente al pie de una mata de espartillo al menor rumor hostil. Aprendió a no ladrar por más furor o miedo que tuviera y a gruñir de un modo particularmente sordo cuando el cuzco de un rancho defendía a éste del pillaje. Aprendió a visitar los gallineros, a separar dos platos encimados con el hocico y a llevarse en la boca una lata con grasa, a fin de vaciarla en la impunidad del pajonal. Conoció el gusto de las guascas ensebadas, de los zapatos untados con grasa, del hollín pegoteado de una olla y —alguna vez— de la miel recogida y guardada en un trozo de tacuara. Adquirió la prudencia necesaria para apartarse del camino cuando algún pasajero avanzaba, siguiéndole con los ojos, agachado entre el pasto. Y a fines de enero, de la mirada encendida, las orejas firmes sobre los ojos y el rabo alto y provocador del fox-terrier, no quedaba sino un esqueletillo sarnoso, de orejas echadas atrás y rabo hundido y traicionero, que trotaba furtivamente por los caminos.

La sequía continuaba entre tanto; el monte quedó a poco desierto, pues los animales se concentraban en los hilos de agua que habían sido grandes arroyos. Los tres perros forzaban la distancia que los separaba del abrevadero de las bestias con éxito mediano, pues siendo aquél muy frecuentado a su vez por los yaguareteí, la caza menor tornábase desconfiada. Fragoso, preocupado por la ruina del rozado y con nuevos disgustos con el propietario de la tierra, no tenía humor para cazar, ni aun por hambre. Y la situación amenazaba así tomarse muy crítica cuando una circunstancia fortuita trajo un poco de aliento a la lamentable jauría.

Fragoso debió ir a San Ignacio, y los cuatro perros, que, fueron con él, sintieron en sus narices dilatadas una impresión de frescura vegetal —vaguísima, si se quiere—, pero que acusaba un poco de vida en aquel infierno de calor y seca. En efecto, San Ignacio había sido menos azotado de resultas de lo cual algunos maizales, aunque miserables, se sostenían en pie.

No comieron ese día; pero al regresar jadeando detrás del caballo, los perros no olvidaron aquella sensación de frescura, y a la noche salían juntos en mudo trote hacia San Ignacio. En la orilla del Yabebirí se detuvieron, oliendo el agua y levantando el hocico trémulo a la otra costa. La luna salía entonces, con su amarillenta luz de menguante. Los perros avanzaron cautelosamente sobre el río a flor de piedra, saltando aquí, nadando allá, en un paso que en agua normal no da fondo a tres metros.

Sin sacudirse casi, reanudaron al trote silencioso y tenaz hacia el maizal más cercano. Allí el fox-terrier vio cómo sus compañeros quebraban los tallos con los dientes, devorando con secos mordiscos que entraban hasta el marlo, las espigas en choclo. Hizo él lo mismo, y durante una hora en el negro cementerio de árboles quemados, que la fúnebre luz del menguante volvía más espectral, los perros se movieron de aquí para allá entre las cañas, gruñéndose mutuamente.

Volvieron tres veces más, hasta que la última noche un estampido demasiado cercano los puso en guardia. Mas coincidiendo esta aventura con la mudanza de Fragoso a San Ignacio, los perros no lo sintieron mucho.

Fragoso había logrado por fin trasladarse allá al fondo de la colonia. El monte, entretejido de tacuapí, denunciaba tierra excelente; y aquellas inmensas madejas de bambú, tendidas en el suelo con el machete, debían de preparar magníficos rozados.

Cuando Fragoso se instaló, el tacuapí comenzaba a secarse. Rozó y quemó rápidamente un cuarto de hectárea, confiando en algún milagro de lluvia. El tiempo se descompuso, en efecto, el cielo blanco se tomó plomo, y en las horas más calientes se transparentaban en el horizonte lívidas orlas de cúmulos. El termómetro a treinta y nueve y el viento norte soplando con furia trajeron al fin doce milímetros de agua, que Fragoso aprovechó para su maíz, muy contento. Lo vio nacer, lo vio crecer magníficamente hasta cinco milímetros. Pero nada más.

En el tacuapí, bajo él y alimentándose acaso de sus brotes, viven infinidad de roedores. Cuando aquél se seca, sus huéspedes se desbandan, el hambre los lleva forzosamente a las plantaciones; y de este modo, los tres perros de Fragoso, que salían una noche, volvieron en seguida restregándose el hocico mordido. Fragoso mató esa misma noche cuatro ratas que asaltaban su lata de grasa.

Yaguaí no estaba allí. Pero a la noche siguiente él y sus compañeros se internaban en el monte (aunque el fox-terrier no corría tras el rastro, sabía perfectamente desenfundar tatús y hallar nidos de urúes), cuando Yaguaí se sorprendió del rodeo que efectuaban sus compañeros para no cruzar el rozado. Yaguaí avanzó por éste, no obstante; y un momento después lo mordían en una pata, mientras rápidas sombras corrían a todos lados.

Yaguaí vio lo que era; e instantáneamente, en plena barbarie de bosque tropical y miseria, surgieron los ojos brillantes, el rabo alto y duro y la actitud batalladora del admirable perro inglés. Hambre, humillación, vicios adquiridos; todo se borró en un segundo ante las ratas que salían de todas partes. Y cuando volvió por fin a echarse ensangrentado, muerto de fatiga, tuvo que saltar tras las ratas hambrientas que invadían literalmente el rancho.

Fragoso quedó encantado de aquella brusca energía de nervios y músculos que no recordaba más, y subió a su memoria el recuerdo del viejo combate con la ir ara; era la misma mordida sobre la cruz, un golpe seco de mandíbula, y a otra rata.

Comprendió también de dónde provenía aquella nefasta invasión, y con larga serie de juramentos en voz alta dio su maizal por perdido. ¿Qué podía hacer Yaguaí solo? Fue al rozado, acariciando al fox-terrier y silbó a sus perros; pero apenas los rastreadores de tigres sentían los dientes de las ratas en el hocico chillaban, restregándolos a dos patas. Fragoso y Yaguaí hicieron solos el gasto de la jornada, y si el primero sacó de ella la muñeca dolorida, el segundo echaba a respirar burbujas sanguinolentas por la nariz.

En doce días, a pesar de cuanto hicieron Fragoso y el fox-terrier para salvarlo, el rozado estaba perdido. Las ratas, al igual que las martinetas, saben muy bien desenterrar el grano adherido aún a la plantita. El tiempo, otra vez de fuego, no permitía ni la sombra de nueva plantación, y Fragoso se vio forzado a ir a San Ignacio en busca de trabajo, llevando al mismo tiempo a su perro a Cooper, que él no podía ya entretener poco ni mucho. Lo hacía con verdadera pena, pues las últimas aventuras, colocando al fox-terrier en su verdadero teatro de caza, habían levantado muy alto la estima de cazador por el perrito blanco.

En el camino, el fox-terrier oyó, lejanas, las explosiones de los pajonales del Yabebirí ardiendo con la sequía; vio a la vera del bosque a las vacas que, soportando la nube de tábanos, empujaban los catiguás con el pecho, avanzando montadas sobre el tronco arqueado hasta alcanzar las hojas. Vio las rígidas tunas del monte tropical dobladas como velas; y sobre él brumoso horizonte de la tarde de treinta y ocho-cuarenta grados volvió a ver el sol cayendo asfixiado en un círculo rojo y mate.

Media hora después entraba en San Ignacio, y siendo ya tarde para llegar hasta lo de Cooper, Fragoso aplazó para la mañana siguiente su visita. Los tres perros, aunque muertos de hambre, no se aventuraron mucho a merodear en país desconocido, con excepción de Yaguaí, al que el recuerdo, bruscamente despierto, de las viejas carreras delante del caballo de Cooper, llevaba en línea recta a casa de su amo.

Las circunstancias anormales por que pasaba el país con la sequía de cuatro meses —y es preciso saber lo que esto supone en Misiones— hacía que los perros de los peones, ya famélicos en tiempo de abundancia, llevaran sus pillajes nocturnos a grado intolerable. En pleno día, Cooper había tenido ocasión de perder tres gallinas, arrebatadas por los perros hacia el monte. Y si se recuerda que el ingenio de un poblador haragán llega hasta enseñar a sus cachorros esta maniobra para aprovecharse ambos de la presa, se comprenderá que Cooper perdiera la paciencia, descargando irremisiblemente su escopeta sobre todo ladrón nocturno. Aunque no usaba sino perdigones, la lección era asimismo dura.

Así, una noche, en el momento en que se iba a acostar, percibió su oído alerta el ruido de las uñas enemigas tratando de forzar el tejido de alambre. Con un gesto de fastidio descolgó la escopeta y saliendo afuera vio una mancha blanca que avanzaba dentro del patio. Rápidamente hizo fuego, y a los aullidos transparentes del animal arrastrándose sobre las patas traseras, tuvo un fugitivo sobresalto, que no pudo explicar y se desvaneció en seguida. Llegó hasta el lugar, pero el perro había desaparecido ya, y entró de nuevo en la casa.

—¿Qué fue, papá? —le preguntó desde la cama su hija—. ¿Un perro?

—Sí —repuso Cooper colgando la escopeta—. Le tiré un poco de cerca...

—¿Grande el perro, papá?

—No, chico.

—¡Pobre Yaguaí! —prosiguió Julia—. ¡Cómo estará!

Súbitamente Cooper recordó la impresión sufrida al oír aullar al perro: algo de su Yaguaí había allí... Pero pensando también en cuán remota era esa posibilidad, se durmió tranquilo.

Fue a la mañana siguiente, muy temprano, cuando Cooper, siguiendo el rastro de sangre, halló a su fox-terrier muerto al borde del pozo del bananal.

De pésimo humor volvió a la casa, y la primera pregunta de Julia fue por el perro chico.

—¿Murió, papá?

—Sí, allá en el pozo... es Yaguaí.

Cogió la pala, y seguido de sus dos hijos, consternados, fue al pozo. Julia, después de mirar un momento inmóvil, se acercó despacio a sollozar junto al pantalón de Cooper.

—¡Qué hiciste, papá!

—No sabia, chiquita... Apártate un momento.

En el bananal enterró a su perro, apisonó la tierra encima y regresó profundamente disgustado, llevando de la mano a sus dos chicos, que lloraban despacio para que su padre no los sintiera.

LAS MEDIAS DE LOS FLAMENCOS

Cierta vez las víboras dieron un gran baile. Invitaron a las ranas y a los sapos, a los flamencos, y a los yacarés y a los pescados. Los pescados, como no caminan, no pudieron bailar, pero siendo el baile a la orilla del río los pescados estaban asomados a la arena, y aplaudían con la cola.

Los yacarés, para adornarse bien, se habían puesto en el pescuezo un collar de bananas, y fumaban cigarros paraguayos. Los sapos se hablan pegado escamas de pescado en todo el cuerpo, y caminaban meneándose, como si nadaran. Y cada vez que pasaban muy serios por la orilla del río, los pescados les gritaban haciéndoles burla.

Las ranas se habían perfumado todo el cuerpo, y caminaban en dos pies. Además, cada una llevaba colgada, como un farolito, una luciérnaga que se balanceaba.

Pero las que estaban hermosísimas eran las víboras. Todas, sin excepción, estaban vestidas con traje de bailarina, del mismo color de cada víbora. Las víboras coloradas llevaban una pollerita de tul colorado; las verdes, una de tul verde; las amarillas, otra de tul amarillo; y las yararás, una pollerita de tul gris pintada con rayas de polvo de ladrillo y ceniza, porque así es el color de los yararás.

Y las más espléndidas de todas eran las víboras de coral, que estaban vestidas con larguísimas gasas rojas, blancas y negras, y bailaban como serpentinas. Cuando las víboras danzaban y daban vueltas apoyadas en la punta de la cola, todos los invitados aplaudían como locos.

Sólo los flamencos, que entonces tenían las patas blancas, y tienen ahora como antes la nariz muy gruesa y torcida, sólo los flamencos estaban tristes, porque como tienen muy poca inteligencia no habían sabido cómo adornarse. Envidiaban el traje de todos, y sobre todo el de las víboras de coral. Cada vez que una víbora pasaba por delante de ellos, coqueteando y haciendo ondular las gasas de serpentinas, los flamencos se morían de envidia.

Un flamenco dijo entonces:

Las medias de los flamencos.

—Yo sé lo que vamos a hacer. Vamos a ponernos medias coloradas, blancas y negras, y las víboras de coral se van a enamorar de nosotros.

Y levantando todos juntos el vuelo, cruzaron el río y fueron a golpear en un almacén del pueblo.

—¡Tan-tan! —pegaron con las patas.

—¿Quién es? —respondió el almacenero.

—Somos los flamencos. ¿Tienes medias coloradas, blancas y negras?

—No, no hay— contestó el almacenero—. ¿Están locos? En ninguna parte van a encontrar medias así.

Los flamencos fueron entonces a otro almacén.

—¡Tan-tan! ¿Tienes medias coloradas, blancas y negras?

El almacenero contestó:

—¿Cómo dice? ¿Coloradas, blancas y negras? No hay medias así en ninguna parte. Ustedes están locos. ¿Quiénes son?

—Somos los flamencos —respondieron ellos.

Y el hombre dijo:

—Entonces son con seguridad flamencos locos.

Fueron a otro almacén.

—¡Tan-tan! ¿Tienes medias coloradas, blancas y negras?

El almacenero gritó:

—¿De qué color? ¿Coloradas, blancas y negras?

Solamente a pájaros narigudos como ustedes se les ocurre pedir medias así. ¡Váyanse en seguida!

Y el hombre los echó con la escoba.

Los flamencos recorrieron así todos los almacenes, y de todas partes los echaban por locos.

Entonces un tatú, que había ido a tomar agua al río, se quiso burlar de los flamencos y les dijo, haciéndoles un gran saludo:

—¡Buenas noches, señores flamencos! Yo sé lo que ustedes buscan. No van a encontrar medias así en ningún almacén. Tal vez haya en Buenos Aires, pero tendrán que pedirlas por encomienda postal. Mi cuñada, la lechuza, tiene medias así. Pídanselas, y ella les va a dar las medias coloradas, blancas y negras.

Los flamencos le dieron las gracias, y se fueron volando a la cueva de la lechuza. Y le dijeron:

—¡Buenas noches, lechuza! Venimos a pedirte las medias coloradas, blancas y negras. Hoy es el gran baile de las víboras, y si nos ponemos esas medias, las víboras de coral se van a enamorar de nosotros.

—¡Con mucho gusto! —respondió la lechuza-A Esperen un segundo, y vuelvo en seguida.

Y echando a volar, dejó solos a los flamencos; y al rato volvió con las medias. Pero no eran medias, sino cueros de víboras de coral, lindísimos cueros recién sacados a las víboras que la lechuza había cazado.

—Aquí están las medias —les dijo la lechuza—. No se preocupen de nada, sino de una sola cosa: bailen toda la noche, bailen sin parar un momento, bailen de costado, de pico, de cabeza, como ustedes quieran; pero no paren un momento, porque en vez de bailar van entonces a llorar.

Pero los flamencos, como son tan tontos, no comprendían bien qué gran peligro había para ellos en eso, y locos de alegría se pusieron los cueros de las víboras de coral, como medias, metiendo las patas dentro de los cueros, que eran como tubos. Y muy contentos se fueron volando al baile.

Cuando vieron a los flamencos con sus hermosísimas medias, todos les tuvieron envidia. Las víboras querían bailar con ellos, únicamente, y como los flamencos no dejaban un instante de mover las patas, las víboras no podían ver bien de qué estaban hechas aquellas preciosas medias.

Pero poco a poco, sin embargo, las víboras comenzaron a desconfiar. Cuando los flamencos pasaban bailando al lado de ellas, se agachaban hasta el suelo para ver bien.

Las víboras de coral, sobre todo, estaban muy inquietas. No apartaban la vista de las medias, y se agachaban también tratando de tocar con 1a lengua las patas de los flamencos, porque la lengua de las víboras es como la mano de las personas. Pero los flamencos bailaban y bailaban sin cesar, aunque estaban cansadísimos y ya no podían más.

Las víboras de coral, que conocieron esto, pidieron en seguida a las ranas sus farolitos, que eran bichitos de luz, y esperaron todas juntas a que los flamencos se cayeran de cansados.

Efectivamente, un minuto después, un flameneo, que ya no podía más, tropezó con el cigarro de un yacaré, se tambaleó y cayó de costado. En seguida las víboras de coral corrieron con sus farolitos, y alumbraron bien las patas del flamenco. Y vieron qué eran aquellas medias, y lanzaron un silbido que se oyó desde la otra orilla del Paraná.

—¡No son medias! —gritaron las víboras—. ¡Sabemos lo que es! ¡Nos han engañado! ¡Los flamencos han matado a nuestras hermanas y se han puesto sus cueros como medias! ¡Las medias que tienen son de víboras de coral!

Al oír esto, los flamencos, llenos de miedo porque estaban descubiertos, quisieron volar; pero estaban tan cansados que no pudieron levantar una sola pata. Entonces las víboras de coral se lanzaron sobre ellos, y enroscándose en sus patas les deshicieron a mordiscones las medias. Les arrancaron las medias a pedazos, enfurecidas, y les mordían también las patas, para que murieran.

Los flamencos, locos de dolor, saltaban de un lado para otro, sin que las víboras de coral se desenroscaran de sus patas. Hasta que al fin, viendo que ya no quedaba un solo pedazo de media, las víboras los dejaron libres, cansadas y arreglándose las gasas de sus trajes de baile.

Además, las víboras de coral estaban seguras de que los flamencos iban a morir, porque la mitad, por lo menos, de las víboras de coral que los habían mordido eran venenosas.

Pero los flamencos no murieron. Corrieron a echarse al agua, sintiendo un grandísimo dolor. Gritaban de dolor, y sus patas, que eran blancas, estaban entonces coloradas por el veneno de las víboras. Pasaron días y días, y siempre sentían terrible ardor-en las patas, y las tenían siempre de color de sangre, porque estaban envenenadas.

Hace de esto muchísimo tiempo. Y ahora todavía están los flamencos casi todo el día con sus patas coloradas metidas en el agua, tratando de calmar el ardor que sienten en ellas.

A veces se apartan de la orilla, y dan unos pasos por tierra, para ver cómo se hallan. Pero los dolores del veneno vuelven en seguida, y corren a meterse en el agua. A veces el ardor que sienten es tan grande, que encogen una pata y quedan así horas enteras, porque no pueden estirarla.

Esta es la historia de los flamencos, que antes tenían las patas blancas y ahora las tienen coloradas. Todos los pescados saben por qué es, y se burlan de ellos. Pero los flamencos, mientras se curan en el agua, no pierden ocasión de vengarse, comiéndose a cuanto pescadito se acerca demasiado a burlarse de ellos.

Durante quince días el alazán había buscado en vano la senda por donde su compañero se escapaba del potrero. El formidable cerco, de capuera —desmontante que ha rebrotado inextricable—, no permitía paso ni aún a la cabeza del caballo. Evidentemente no era por donde el malacara pasaba.

El alazán recorría otra vez la chacra trotando inquieto con la cabeza alerta. De la profundidad del monte, el malacara respondía a los relinchos vibrantes de su compañero, con los suyos cortos y rápidos, en que había, sin duda, una fraternal promesa de abundante comida. Lo más irritante para el alazán era que el malacara reaparecía dos o tres veces en el día para beber. Prometíase aquél entonces no abandonar un instante a su compañero y durante algunas horas, en efecto, la pareja pastaba en admirable conserva. Pero de pronto el malacara, con su soga a rastra, se internaba en el chircal, y cuando el alazán, al darse cuenta de su soledad, se lanzaba en su persecución, hallaba el monte inextricable. Esto sí, de adentro, muy cerca aún el maligno malacara respondía a sus desesperados relinchos con un relinchillo a boca llena.

Hasta que esa mañana el viejo alazán halló la brecha muy sencillamente: cruzando por frente al chircal, que desde el monte avanzaba cincuenta metros en el campo, vio un vago sendero que lo condujo en perfecta línea oblicua al monte. Allí estaba el malacara, deshojando árboles.

La cosa era muy simple: el malacara, cruzando un día el chircal, había hallado la brecha abierta en el monte por un incienso desarraigado. Repitió su avance a través del chircal, hasta llegar a conocer perfectamente la entrada del túnel. Entonces usó del viejo camino que con el alazán había formado a lo largo de la línea del monte. Y aquí estaba la causa del trastorno del alazán: la entrada de la senda formaba una línea sumamente oblicua con el camino de los caballos, de modo que el alazán, acostumbrado a recorrer éste de Sur a Norte, y jamás de Norte a Sur, no hubiera hallado jamás la brecha.

En un instante el viejo caballo estuvo unido a su compañero, y juntos entonces, sin más preocupación que la de despuntar torpemente las palmeras jóvenes, los dos caballos decidieron alejarse del malhallado potrero que ya sabían de memoria.

El monte, sumamente raleado, permitía un fácil avance aun a los caballos. Del bosque no quedaba en verdad sino una franja de doscientos metros de ancho. Tras él, una capuera de dos años se empenachaba de tabaco salvaje. El viejo alazán, que en su juventud había correteado capueras hasta vivir perdido seis meses en ellas, dirigió la marcha, y en media hora los tabacos inmediatos quedaron desnudos de hojas hasta donde alcanzaba un pescuezo de caballo.

Caminando, comiendo, curioseando, el alazán y el malacara cruzaron la capuera hasta que un alambrado los detuvo.

—Un alambrado —dijo el alazán.

—Sí, un alambrado —asintió el malacara. Y ambos, pasando la cabeza sobre el hilo superior, contemplaron atentamente. Desde allí se veía un alto pastizal de viejo rozado, blanco por la helada; un bananal y una plantación nueva. Todo ello poco tentador, sin duda, pero los caballos entendían ver eso, y uno tras otro siguieron el alambrado a la derecha.

Dos minutos después pensaban: un árbol seco, en pie por el fuego, había caído sobre los hilos. Atravesaron la blancura del pasto helado, en que sus pasos no sonaban, y bordeando el rojizo bananal, quemado por la escarcha, vieron de cerca qué eran aquellas plantas nuevas.

—Es yerba —constató el malacara, con sus trémulos labios a medio centímetro de las duras hojas.

La decepción pudo haber sido grande; mas los caballos, si bien golosos, aspiraban sobre todo a pastar. De modo que, cortando oblicuamente el yerbal, prosiguieron su camino, hasta que un nuevo alambrado contuvo a la pareja. Costeáronlo con tranquilidad grave y paciente, llegando así a una tranquera, abierta para su dicha, y los paseantes se vieron de repente en pleno camino real.

Ahora bien, para los caballos, aquello que acababan de hacer tenía todo el aspecto de una proeza. Del potrero aburridor a la libertad presente había infinita distancia. Más por infinita que fuera, los caballos pretendían prolongarla aún, y así, después de observar con perezosa atención los alrededores, quitáronse mutuamente la caspa del pescuezo y en mansa felicidad prosiguieron su aventura.

El día, en verdad, la favorecía. La bruma matinal de Misiones acababa por disiparse del todo, y bajo el cielo, súbitamente azul, el paisaje brillaba de esplendorosa claridad. Desde la loma cuya cumbre ocupaban en ese momento los dos caballos, el camino de tierra colorada cortaba el pasto delante de ellos con precisión admirable, descendía al valle blanco de espartillo helado, para tornar a subir hasta el monte lejano. El viento, muy frío, cristalizaba aún más la claridad de la mañana de oro, y los caballos, que sentían de frente al sol, casi horizontal todavía, entrecerraban los ojos al dichoso deslumbramiento.

Seguían así solos y gloriosos de libertad, en el camino encendido de luz, hasta que al doblar una punta de montes vieron a orillas del camino cierta extensión de un verde inusitado. ¿Pasto? sin duda. Más en pleno invierno.

Y con las narices dilatadas de gula, los caballos se acercaron al alambrado. ¡Sí, pasto fino, pasto admirable! ¡Y entrarían, ellos, los caballos libres!

Hay que advertir que el alazán y el malacara poseían desde esa madrugada alta idea de sí mismos. Ni tranquera, ni alambrado, ni monte, ni desmonte, nada era para ellos obstáculo. Habían visto cosas extraordinarias, salvado dificultades no creíbles y se sentían gordos, orgullosos y facultados para tomar la decisión más estrafalaria que ocurrírseles pudiera.

En este estado de énfasis, vieron a cien metros de ellos varias vacas detenidas a orillas del camino, y encaminándose allá llegaron a la tranquera, cerrada con cinco robustos palos. Las vacas estaban inmóviles, mirando fijamente el verde paraíso inalcanzable.

—¿Por qué no entran? —preguntó el alazán a las vacas.

—Porque no se puede —le respondieron.

—Nosotros pasamos por todas partes —afirmó el alazán, altivo—. Desde hace un mes pasamos por todas partes.

Con el fulgor de su aventura los caballos habían perdido sinceramente el sentido del tiempo. Las vacas no se dignaron siquiera mirar a los intrusos.

—Los caballos no pueden —dijo una vaquillona movediza—. Dicen eso y no pasan por ninguna parte. Nosotras sí pasamos por todas partes.

—Tienen soga —añadió una vieja madre sin volver la cabeza.

—¡Yo no, yo no tengo soga! —respondió vivamente el alazán— Yo vivía en las capueras y pasaba.

—¡Sí, detrás de nosotras! Nosotras pasamos y ustedes no pueden.

La vaquillona movediza intervino de nuevo:

—El patrón dijo el otro día: «A los caballos, con un solo hilo se los contiene». ¿Y entonces?... ¿Ustedes no pasan?

—No, no pasamos —repuso sencillamente el malacara, convencido por la evidencia.

—¡Nosotras, sí!

Al honrado malacara, sin embargo, se le ocurrió de pronto que las vacas, atrevidas y astutas, impertinentes invasoras de chacras y del Código Rural, tampoco pasaban la tranquera.

—Esta tranquera es mala —objetó la vieja madre—. ¡El sí! Corre los palos con los cuernos.

—¿Quién? —preguntó el alazán.

Todas las vacas volvieron a él la cabeza con sorpresa.

—¡El toro Barigüí! El puede más que los alambrados malos.

—¿Alambrados?... ¿Pasa?

—¡Todo! Alambre de púa también. Nosotras pasamos después.

Los dos caballos, vueltos ya a su pacífica condición de animales a los que un solo hilo contiene, se sintieron ingenuamente deslumbrados por aquel héroe capaz de afrontar el alambre de púa, la cosa más terrible que puede hallar el deseo de pasar adelante.

De pronto las vacas se removieron mansamente: a lento paso llegaba el toro. Y ante aquella chata y obstinada frente dirigida en tranquila recta a la tranquera, los caballos comprendieron humildemente su inferioridad.

Las vacas se apartaron, y Barigüí, pasando el testuz bajo una tranca, intentó hacerla correr a un lado.

Los caballos levantaron las orejas, admirados, pero la tranca no corrió. Una tras otras, el toro probó sin resultado su esfuerzo inteligente: el chacarero, dueño feliz de la plantación de avena, había asegurado la tarde anterior los palos con cuñas.

El toro no intentó más. Volviéndose con pereza olfateó a lo lejos entrecerrando los ojos, y costeó luego el alambrado, con ahogados mugidos sibilantes.

Desde la tranquera, los caballos y las vacas miraban. En determinado lugar el toro pasó los cuernos bajo el alambre de púa tendiéndolo violenta— mente hacia arriba con el testuz, y la enorme bestia pasó arqueando el lomo. En cuatro pasos más estuvo entre la avena, y las vacas se encaminaron entonces allá, intentando a su vez pasar. Pero a las vacas falta evidentemente la decisión masculina de permitir en la piel sangrientos rasguños, y apenas introducían el cuello lo retiraban presto con mareante cabeceo.

Los caballos miraban siempre.

—No pasan —observó el malacara.

—El toro pasó —observó el alazán—. Come mucho.

Y la pareja se dirigía a su vez a costear el alambrado, por la fuerza de la costumbre, cuando un mugido, claro y berreante ahora, llegó hasta ellos: dentro del avenal, el toro, con cabriolas de falso ataque, bramaba ante el chacarero, que con un palo trataba de alcanzarlo.

—¡Añá!... Te voy a dar saltitos... —gritaba el hombre.

Barigüí, siempre danzando y berreando ante el hombre, esquivaba los golpes. Maniobrando así cincuenta metros, hasta que el chacarero pudo forzar a la bestia contra el alambrado. Pero ésta, con la decisión pesada y bruta de su fuerza, hundió la cabeza entre los hilos y pasó, bajo un agudo y violineo de alambre y de grampas lanzadas a veinte metros.

Los caballos vieron cómo el hombre volvía precipitadamente a su rancho y tomaba a salir con el rostro pálido. Vieron también que saltaba el alambrado y se encaminaba en dirección a ellos, por lo cual los compañeros, ante aquel paso que avanzaba decidido, retrocedieron por el camino en dirección a su chacra.

Como los caballos marchaban dócilmente a pocos pasos delante del hombre, pudieron llegar juntos a la chacra del dueño del toro, siéndoles dado así oír la conversación.

Es evidente, por lo que de ello se desprende, que el hombre había sufrido lo indecible con el toro del polaco. Plantaciones, por inaccesibles que hubieran estado dentro del monte; alambrados, por grandes que fuera su tensión e infinito el número de hilos, todo lo arrolló el toro con sus hábitos de pillaje. Se deduce también que los vecinos estaban hartos de la bestia y de su dueño por los incesantes destrozos de aquélla. Pero como los pobladores de la región difícilmente denuncian al Juzgado de Paz perjuicios de animales, por duros que les sean, el toro proseguía comiendo en todas partes menos en la chacra de su dueño, el cual, por otro lado, parecía divertirse mucho con esto.

De este modo los caballos vieron y oyeron al irritado chacarero y al polaco cazurro.

—¡Es la última vez, don Zaniski, que vengo a verlo por su toro!, acaba de pisotearme toda la avena. ¡Ya no se puede más!

El polaco, alto y de ojillos azules, hablaba con agudo y meloso falsete.

—¡Ah, toro malo! ¡Mí no puede! ¡Mi ata, escapa!, ¡Vaca tiene culpa! ¡Toro sigue vaca!

—¡Yo no tengo vacas, usted bien sabe!

—¡No, no! ¡Vaca Ramírez! ¡Mí queda loco toro!

—Y lo peor es que afloja todos los hilos, usted lo sabe también.

—¡Sí, sí, alambre! ¡Ah, mí no sabe!...

—¡Bueno!, vea, don Zaniski; yo no quiero cuestiones con vecinos; pero tenga por última vez cuidado con su toro para que no entre por el alambrado del fondo; en el camino voy a poner alambre nuevo.

—¡Toro pasa por camino! ¡No fondo!

—Es que ahora no va a pasar por el camino.

—¡Pasa todo! ¡No púa, no nada! ¡Pasa todo!

—No va a pasar.

—¿Qué pone?

—Alambre de púa...; pero no va a pasar.

—¡No hace nada púa!

—Bueno; haga lo posible porque no entre, porque si pasa se va a lastimar.

El chacarero se fue. Es evidente que el maligno polaco, riéndose una vez más de las gracias del animal, compadeció, si cabe en lo posible, a su vecino que iba a construir un alambrado infranqueable para su toro. Seguramente se frotó las manos.

—Mí no podrán decir nada esta vez si toro come toda avena.

Los caballos reemprendieron de nuevo el camino que los alejaba de su chacra, y un rato después llegaban al lugar en que Barigüí había cumplido su hazaña. La bestia, allí siempre, inmóvil en medio del camino, mirando con solemne vaciedad de idea, desde hacía un cuarto de hora, un punto fijo a la distancia. Detrás de él las vacas dormitaban al sol, ya caliente, rumiando.

Pero cuando los pobres caballos pasaron por el camino, ellas abrieron los ojos despreciativas:

—Son los caballos. Querían pasar el alambrado. Y tienen soga.

- ¡Barigüí sí pasó!

—A los caballos un solo hilo los contiene.

—Son flacos.

Esto pareció herir en lo vivo al alazán, que volvió la cabeza:

—Nosotros no estamos flacos. Ustedes sí están. No va a pasar más aquí —añadió, señalando los alambres caídos, obra de Barigüi.

- ¡Barigüí pasa siempre! Después pasamos nosotras. ¡Ustedes no pasan!

—No va a pasar más. Lo dijo el hombre.

—El comió la avena del hombre. Nosotras pasamos después.

El caballo, por mayor intimidad de trato, es sensiblemente más afecto al hombre que la vaca. De aquí que el malacara y el alazán tuvieran fe en el alambrado que iba a construir el hombre.

La pareja prosiguió su camino, y momentos después, ante el campo libre que se abría ante ellos, los dos caballos bajaban la cabeza a comer, olvidándose de las vacas.

Tarde ya, cuando el sol acababa de entrar, los dos caballos se acordaron del maíz y emprendieron el regreso. Vieron en el camino al chacarero, que cambiaba todos los postes del alambrado, y a un hombre rubio que, detenido a su lado a caballo, lo miraba trabajar.

—Le digo que va a pasar —decía el pasajero.

—No pasará dos veces —replicaba el chacarero.

—¡Usted verá! ¡Esto es un juego para el maldito toro del polaco! ¡Va a pasar!

—No pasará dos veces —repetía obstinadamente el otro.

Los caballos siguieron, oyendo aún palabras cortadas:

—reír!

—veremos.

Dos minutos más tarde el hombre rubio pasaba a su lado a trote inglés. El malacara y el alazán, algo sorprendidos de aquel paso que no conocían, miraron perderse en el valle al hombre presuroso.

—¡Curioso! —observó el malacara después de largo rato. El caballo va al trote y el hombre al galope.

Prosiguieron. Ocupaban en ese momento la cima de la loma, como esa mañana. Sobre el frío cielo crepuscular sus siluetas se destacaban en negro, en masa y cabizbaja pareja, el malacara delante, el alazán detrás. La atmósfera, ofuscada durante el día por la excesiva luz del sol, adquiría a esa semisombra una transparencia casi fúnebre. El viento había cesado por completo, y con la calma del atardecer, en que el termómetro comenzaba a caer velozmente, el valle helado expandía su penetrante humedad, que se condensaba en rastreante neblina en el fondo sombrío de las vertientes. Revivía en la tierra ya enfriada el invernal olor de pasto quemado; y cuando el camino costeaba el monte, se tomaba excesivamente pesado de perfume y de azahar.

Los caballos entraron por el portón de su chacra, pues el muchacho, que hacía sonar el cajoncillo de maíz, había oído su ansioso trémulo. El caballo alazán obtuvo el honor de que se le atribuyera la iniciativa de la aventura, viéndose gratificado con una soga, a efectos de lo que pudiera pasar.

Pero a la mañana siguiente, bastante tarde ya a causa de la densa neblina, los caballos repitieron su escapatoria, atravesando otra vez el tabacal salvaje, hollando con mudos pasos el pastizal helado, salvando la tranquera, abierta aún.

La mañana encendida de sol, muy alto ya, reverberaba de luz, y el calor excesivo prometía para muy pronto cambio de tiempo. Después de trasponer la loma, los caballos vieron de pronto a las vacas detenidas en el camino, y el recuerdo de la tarde anterior excitó sus orejas y su paso; querían ver cómo era el nuevo alambrado.

Pero su decepción, al llegar, fue grande. En los nuevos postes —oscuros y torcidos— había dos simples alambres de púa, gruesos tal vez, pero únicamente dos.

No obstante, su mezquina audacia, la vida constante en chacras de montes había dado a los caballos cierta experiencia en cercados. Observaron atentamente aquellos, especialmente los postes.

—Son de madera de ley —observó el malacara.

—Sí, cernes quemados —comprobó el alazán.

Y tras otra larga mirada de examen, el malacara añadió:

—El hilo pasa por el medio, no hay grampas.

—Están muy cerca uno de otro.

Cerca, los postes, sí, indudablemente; tres metros. Pero en cambio, aquellos dos modestos alambres en reemplazo de los cinco hilos del cerco anterior desilusionaron a los caballos. ¿Cómo era posible que el hombre creyera que aquel alambrado para temeros iba a contener al terrible toro?

—El hombre dijo que no iba a pasar —se atrevió, sin embargo, el malacara, que, en razón de ser el favorito de su amo, comía más maíz; por lo cual sentíase más creyente.

Pero las vacas no habían oído.

—Son los caballos. Los dos tienen soga. Ellos no pasan. Barigüi pasó ya.

—¿Pasó? ¿Por aquí? —pregunto descorazonado el malacara.

—Por el fondo. Por aquí pasa también. Comió avena.

Entre tanto la vaquillona locuaz había pretendido pasar los cuernos entre los hilos; y una vibración aguda, seguida de un seco golpe en los cuernos, dejó en suspenso a los caballos.

—Los alambres están muy estirados —dijo el alazán después de un largo examen.

—Sí. Más estirados no se puede...

Y ambos, sin apartar los ojos de los hilos, pensaban confusamente en cómo se podría pasar entre los dos hilos.

Las vacas, mientras tanto se animaban unas a otras.

—Él paso ayer. Pasa el alambre de púa. Nosotras después.

—Ayer no pasaron. Las vacas dicen si, y no pasan comprobó el alazán.

—¡Aquí hay púa, y Barigüi pasa! ¡Allí viene!

Costeando por dentro del monte del fondo, a doscientos metros aún, el toro avanzaba hacia el avenal. Las vacas se colocaron todas de frente al cercado, siguiendo atentas con los ojos a la bestia invasora. Los caballos, inmóviles, alzaron las orejas.

—¡Come toda la avena! ¡Después pasa!

—Los hilos están muy estirados... —observó aún el malacara, tratando siempre de precisar lo que sucedería si...

—¡Comió 1a avena! ¡El hombre viene! ¡Viene el hombre! —lanzó la vaquillona locuaz.

En efecto, el hombre acababa de salir del rancho y avanzaba hacia el toro. Traía el palo en la mano, pero no parecía iracundo; estaba, si, muy serio y con el ceño contraído.

El animal esperó a que el hombre llegara frente a él y entonces dio principio a los mugidos con bravatas de cornadas. El hombre avanzó más, el toro comenzó a retroceder, berreando siempre y arrastrando ja arena con sus bestiales cabriolas. Hasta que, a diez metros ya del camino, volvió grupas en un postrer mugido de desafío burlón, y se lanzó sobre el alambrado.

—¡Viene Barigüi! ¡El pasa todo! ¡Pasa alambre de púa! —alcanzaron a clamar las vacas.

Con el impulso de su pesado trote, el enorme toro bajó la cabeza y hundió los cuernos entre los hilos. Se oyó un agudo gemido de alambre, un estridente chirrido se propagó de poste a poste hasta el fondo, y el toro pasó.

Pero de su lomo y de su vientre, profundamente abiertos, canalizados desde el pecho a la grupa, llovían ríos de sangre. La bestia, presa de estupor, Quedó un instante atónita y temblando. Se alejó en seguida al paso, inundando el pasto de sangre, hasta que a los veinte metros se echó, con un ronco suspiro.

A mediodía el polaco fue a buscar a su toro, y lloró en falsete ante el chacarero impasible. El animal se había levantado y podía caminar. Pero su dueño, comprendiendo que le costaría mucho trabajo curarlo —si esto aún era posible—, lo carneó esa tarde. Y al día siguiente le tocó en suerte al malacara llevar a su casa, en la maleta, dos kilos de carne del toro muerto.

Era un caballo, un joven potro de corazón ardiente, que llegó del desierto a la ciudad, a vivir del espectáculo de su velocidad.

Ver correr aquel animal era, en efecto, un espectáculo considerable. Corría con la crin al viento y el viento en sus dilatadas narices. Corría, se estiraba; y se estiraba más aún, y el redoble de sus cascos en la tierra no se podía medir. Corría sin reglas ni medida, en cualquier dirección del desierto y a cualquier hora del día. No existían pistas para la libertad de su carrera, ni normas para el despliegue de su energía. Poseía extraordinaria velocidad y un ardiente deseo de correr. De modo que se daba todo entero en sus disparadas salvajes —y ésta era la fuerza de aquel caballo.

A ejemplo de los animales muy veloces, el joven potro tenía pocas aptitudes para el arrastre. Tiraba mal, sin coraje, ni bríos, ni gusto. Y como en el desierto apenas alcanzaba el pasto para sustentar a los caballos de pesado tiro, el veloz animal se dirigió a la ciudad a vivir de sus carreras.

En un principio, entregó gratis el espectáculo de su gran velocidad, pues nadie hubiera pagado una brizna de paja por verlo —ignorantes todos del corredor que había en él—. En las bellas tardes, cuando las gentes poblaban los campos inmediatos a la ciudad —y sobre todo los domingos—, el joven potro trotaba a la vista de todos, arrancaba de golpe, deteníase, trotaba de nuevo husmeando el viento, para lanzarse por fin a toda velocidad, tendido en una carrera loca que parecía imposible superar y que superaba a cada instante, pues aquel joven potro, como hemos dicho, ponía en sus narices, en sus cascos y su carrera, todo su ardiente corazón.

Las gentes quedaron atónitas ante aquel espectáculo que se apartaba de todo lo que acostumbraban ver, y se retiraron sin apreciar la belleza de aquella carrera.

«No importa —se dijo el potro alegremente—. Iré a ver a un empresario de espectáculos, y ganaré, entretanto, lo suficiente para vivir.»

De qué había vivido hasta entonces en la ciudad, apenas él podía decirlo. De su propia hambre, seguramente, y de algún desperdicio desechado en el portón de los corralones. Fue, pues, a ver a un organizador de fiestas.

—Yo puedo correr ante el público —dijo él caballo— si me pagan por ello. No sé qué puedo ganar; pero mi modo de correr ha gustado a algunos hombres.

—Sin duda, sin duda... —le respondieron—. Siempre hay algún interesado en estas cosas... No es cuestión, sin embargo, de que se haga ilusiones... Podríamos ofrecerle, con un poco de sacrificio de nuestra parte...

El potro bajó los ojos hacia la mano del hombre, y vio lo que le ofrecían: Era un montón de paja, un poco de pasto ardido y seco.

—No podemos más... Y asimismo...

El joven animal consideró el puñado de pasto con que se pagaban sus extraordinarias dotes de velocidad, y recordó las muecas de los hombres ante la libertad de su carrera, que cortaba en zig zag las pistas trilladas.

«No importa —se dijo alegremente—. Algún día se divertirán. Con este pasto ardido podré, entretanto, sostenerme.»

Y aceptó contento, porque lo que él quería era correr.

Corrió, pues, ese domingo y los siguientes, por igual puñado de pasto cada vez, y cada vez dándose con toda el alma en su carrera. Ni un solo momento pensó en reservarse, engañar, seguir las rectas decorativas para halago de los espectadores que no comprendían su libertad. Comenzaba al trote como siempre con las narices de fuego y la cola en arco; hacía resonar la tierra en sus arranques, para lanzarse por fin a escape a campo traviesa, en un verdadero torbellino de ansia, polvo y tronar de cascos. Y por premio, su puñado de pasto seco que comía contento y descansado después del baño.

A veces, sin embargo, mientras trituraba su joven dentadura los duros tallos, pensaba en las repletas bolsas de avena que veía en las vidrieras, en la gula de maíz y alfalfa olorosa que desbordaba de los pesebres.

«No importa —se decía alegremente—. Puedo darme por contento con este rico pasto.»

Y continuaba corriendo con el vientre ceñido de hambre, como había corrido siempre.

Poco a poco, sin embargo, los paseantes de los domingos se acostumbraron a su libertad de carrera, y comenzaron a decirse unos a otros que aquel espectáculo de velocidad salvaje, sin reglas ni cercas, causaba una bella impresión.

—No corre por las sendas, como es costumbre-decían—, pero es muy veloz. Tal vez tiene ese arranque porque se siente más libre fuera de las pistas trilladas. Y se emplea a fondo.

En efecto, él joven potro, de apetito nunca saciado y que obtenía apenas de qué vivir con su ardiente velocidad, se empleaba siempre a fondo por un puñado de pasto, como si esa carrera fuera la que iba a consagrarlo definitivamente. Y tras el baño, comía contento de su ración —la ración basta y mínima del más oscuro de los más anónimos caballos.

«No importa —se decía alegremente—. Ya llegará el día en que se diviertan...»

El tiempo pasaba, entretanto. Las voces cambiadas entre los espectadores cundieron por la ciudad, traspasaron sus puertas, y llegó por fin un día en que la admiración de los hombres se asentó confiada y ciega en aquel caballo de carrera. Los organizadores de espectáculos llegaron en tropel a contratarlo, y el potro, ya de edad madura, que había corrido toda su vida por un puñado de pasto, vio tendérsele en disputa apretadísimos fardos de alfalfa, macizas bolsas de avena y maíz —todo en cantidad incalculable—, por el solo espectáculo de una carrera.

Entonces el caballo tuvo por primera vez un pensamiento de amargura, al pensar en lo feliz que hubiera sido en su juventud si le hubieran ofrecido la milésima parte de lo que ahora le introducían gloriosamente en el gaznate.

«En aquel tiempo —se dijo melancólicamente— un solo puñado de alfalfa como estímulo, cuando mi corazón saltaba de deseos de correr, hubiera hecho de mí el más feliz de los seres. Ahora estoy cansado.»

En efecto, estaba cansado. Su velocidad era, sin duda, la misma de siempre, y él mismo el espectáculo de su salvaje libertad. Pero no poseía ya el ansia de correr de otros tiempos. Aquel vibrante deseo de tenderse a fondo, que antes el joven potro entregaba alegre por un montón de paja, precisaba ahora toneladas de exquisito forraje para despertar. El triunfante caballo pesaba largamente las ofertas, calculaba, especulaba finamente con sus descansos. Y cuando los organizadores se entregaban por último a sus exigencias, recién entonces sentía deseos de correr. Corría entonces, como él sólo era capaz de hacerlo; y regresaba a deleitarse ante la magnificencia del forraje ganado.

Cada vez, sin embargo, el caballo, era más difícil de satisfacer, aunque los organizadores hicieran verdaderos sacrificios para excitar, adular, comprar aquel deseo de correr que moría bajo la presión del éxito. Y el potro comenzó entonces a temer por su prodigiosa velocidad, si la entregaba toda en cada carrera. Corrió entonces por primera vez en su vida, reservándose, aprovechándose cautamente del viento y las largas sendas regulares. Nadie lo notó —o por ello fue acaso más aclamado que nunca—, pues se creía ciegamente en su salvaje libertad para correr.

Libertad... No, ya no la tenía. La había perdido desde el primer instante en que reservó sus fuerzas para no flaquear en la carrera siguiente. No corrió más a campo traviesa, ni a fondo, ni contra el viento. Corrió sobre sus propios rastros más fáciles, sobre aquellos zig-zag que más ovaciones habían arrancado. Y en el miedo siempre creciente de agotarse, llegó un momento en que el caballo de carrera aprendió a correr con estilo, engañando, escarceando cubierto de espumas por las sendas más trilladas. Y un clamor de gloria lo divinizó.

Pero dos hombres que contemplaban aquel lamentable espectáculo, cambiaron algunas tristes palabras.

—Yo lo he visto correr en su juventud —dijo el primero—; y si uno pudiera llorar por un animal, lo haría en recuerdo de lo que hizo este mismo caballo cuando no tenía qué comer.

—No es extraño que lo haya hecho antes —dijo el segundo—. Juventud y Hambre son el más preciado don que puede conceder la vida a un fuerte corazón.

Joven potro: Tiéndete a fondo en tu carrera, aunque apenas se te dé para comer. Pues si llegas sin valor a la gloria, y adquieres estilo para trocarlo fraudulentamente por pingüe forraje, te salvará el haberte dado un día todo entero por un puñado de pasto.

Aquí se cuenta la historia de un tigre que se crió y educó entre los hombres, y que se llamaba Juan Darién. Asistió cuatro años a la escuela vestido de pantalón y camisas, y dio sus lecciones corrientemente, aunque era un tigre de las selvas; pero esto se debe a que su figura era de hombre, conforme se narra en las siguientes líneas:

Una vez, a principios de otoño, la viruela visitó un pueblo de un país lejano y mató a muchas personas. Los hermanos perdieron a sus hermanitas, y las criaturas que comenzaban a caminar quedaron sin padre ni madre. Las madres perdieron a su vez a sus hijos, y una pobre mujer joven y viuda llevó ella misma a enterrar a su hijito, lo único que tenía en este mundo. Cuando volvió a su casa, se quedó sentada pensando en su chiquito. Y murmuraba:

—Dios debía haber tenido más compasión de mí, y me ha llevado a mi hijo. En el cielo podrá haber ángeles, pero mi hijo no los conoce. Y a quien él conoce bien es a mí, ¡pobre hijo mío!

Y miraba a lo lejos, pues estaba sentada en el fondo de su casa, frente a un portoncito por donde se veía la selva.

Ahora bien, en la selva había muchos animales feroces que rugían al caer la noche y al amanecer.

Y la pobre mujer, que continuaba sentada, alcanzó a ver en la oscuridad una cosa chiquita y vacilante que entraba por la puerta, como un gatito que apenas tuviera fuerzas para caminar. La mujer se agachó y levantó en las manos un tigrecito de pocos días, pues tenía aún los ojos cerrados. Y cuando el mísero cachorro sintió el contacto de las manos, runruneó de contento, porque ya no estaba solo. La madre tuvo largo rato suspendido en el aire aquel pequeño enemigo de los hombres, a aquella fiera indefensa que tan fácil le hubiera sido exterminar. Pero quedó pensativa ante el desvalido cachorro que venía quién sabe de dónde, y cuya madre con seguridad había muerto. Sin pensar bien en lo que hacía, llevó el cachorrito a su seno, y lo rodeó con sus grandes manos. Y el tigrecito, al sentir el calor del pecho, buscó postura cómoda, runruneó tranquilo y se durmió con la garganta adherida al seno maternal.

La mujer, pensativa siempre, entró en la casa.

Y en el resto de la noche, al oír los gemidos de hambre del cachorrito, y al ver cómo buscaba su seno con los ojos cerrados, sintió en su corazón herido que ante la suprema ley del Universo, una vida equivale a otra vida...

Y dio de mamar al tigrecito.

El cachorro estaba salvado, y la madre había hallado un inmenso consuelo. Tan grande su consuelo, que vio con terror el momento en que aquél le sería arrebatado, porque si se llegaba a saber en el pueblo que ella amamantaba a un ser salvaje, matarían con seguridad a la pequeña fiera. ¿Qué hacer? El cachorro, suave y cariñoso —pues jugaba con ella sobre su pecho—, era ahora su propio hijo.

En estas circunstancias, un hombre que una noche de lluvia pasaba corriendo ante la casa de la mujer, oyó un gemido áspero —el ronco gemido de las fieras que, aun recién nacidas, sobresaltan al ser humano—. El hombre se detuvo bruscamente, y mientras buscaba a tientas el revólver, golpeó la puerta. La madre, que había oído los pasos, corrió loca de angustia a ocultar al tigrecito en el jardín. Pero su buena suerte quiso que al abrir la puerta del fondo se hallara ante una mansa, vieja y sabia serpiente que le cerraba el paso. La desgraciada madre iba a gritar de terror, cuando la serpiente habló así:

—Nada temas, mujer —le dijo—. Tu corazón de madre te ha permitido salvar una vida del Universo, donde todas las vidas tienen el mismo valor. Pero los hombres no te comprenderán, y querrán matar a tu nuevo hijo. Nada temas, ve tranquila. Desde este momento tu hijo tiene forma humana; nunca lo reconocerán. Forma su corazón, enséñale a ser bueno como tú, y él no sabrá jamás que no es hombre. A menos... a menos que una madre de entre los hombres lo acuse; a menos que mía madre no le exija que devuelva con su sangre lo que tú has dado por él, tu hijo será siempre digno de ti. Ve tranquila, madre, y apresúrate, que el hombre va a echar la puerta abajo.

Y la madre creyó a la serpiente, porque en todas las religiones de los hombres, la serpiente conoce el misterio de las vidas que pueblan los mundos. Fue, pues, corriendo a abrir la puerta, y el hombre, furioso, entró con el revólver en la mano, y buscó por todas partes sin hallar nada. Cuando salió, la mujer abrió, temblando, el rebozo bajo el cual ocultaba al tigrecito sobre su seno, y en su lugar vio a un niño que dormía tranquilo. Traspasada de dicha, lloró largo rato en silencio sobre su salvaje hijo hecho hombre, lágrimas de gratitud que doce años más tarde ese mismo hijo debía pagar con sangre sobre su tumba.

Pasó el tiempo. El nuevo niño necesitaba un nombre: se le puso Juan Darién. Necesitaba alimentos, ropa, calzado: se le dotó de todo, para lo cual la madre trabajaba día y noche. Ella era aún muy joven, y podría haberse vuelto a casar, si hubiera querido; pero le bastaba el amor entrañable de su hijo, amor que ella devolvía con todo su corazón.

Juan Darién era, efectivamente, digno de ser querido: noble, bueno y generoso como nadie. Por su madre, en particular, tenía una veneración profunda. No mentía jamás. ¿Acaso por ser un ser salvaje en el fondo de su naturaleza? Es posible; pues no se sabe aún qué influencia puede tener un animal recién nacido, la pureza de un alma bebida con la leche en el seno de una santa mujer.

Tal era Juan Darién. E iba a la escuela con los chicos de su edad, los que se burlaban a menudo de él, a causa de su pelo áspero y su timidez. Juan Darién no era muy inteligente; pero compensaba esto con su gran amor al estudio.

Así las cosas, cuando la criatura iba a cumplir diez años, su madre murió. Juan Darién sufrió lo que no es decible, hasta que el tiempo apaciguó su pena. Pero fue en adelante un muchacho triste, que sólo deseaba instruirse.

Algo debemos confesar ahora: a Juan Darién no se le amaba en el pueblo. Las gentes de los pueblos encerrados en la selva no gustan de los muchachos demasiado generosos y que estudian con toda el alma. Era, además, el primer alumno de la escuela. Y este conjunto precipitó el desenlace de un acontecimiento que dio razón a la profecía de la serpiente.

Aprontábase el pueblo a celebrar una gran fiesta, y de la ciudad distante habían mandado fuegos artificiales. En la escuela se dio un repaso general a los chicos, pues un inspector debía venir a observar las clases. Cuando el inspector llegó, el maestro hizo dar la lección al primero de todos, a Juan Darién. Juan Darién era el alumno más aventajado; pero con la «noción del 'caso, tartamudeó y la lengua se le trabó con un sonido extraño.

El inspector observó al alumno un largo rato, y habló en seguida con voz baja con el maestro.

—¿Quién es ese muchacho? —le preguntó—. ¿De dónde ha salido?

—Se llama Juan Darién —respondió el maestro— y lo crió una mujer que ya ha muerto; pero nadie sabe de dónde ha venido.

—Es extraño, muy extraño... —murmuró el inspector, observando el pelo áspero y el reflejo verdoso que tenían los ojos de Juan Darién cuando estaba en la sombra.

El inspector sabía que en el mundo hay cosas mucho más extrañas que las que nadie puede inventar; y sabía al mismo tiempo que con preguntar a Juan Darién nunca podría averiguar si el alumno había sido antes lo que él temía: esto es, un animal salvaje. Pero así como hay hombres que en estados especiales recuerdan cosas que les han pasado a sus abuelos, así era también posible que, bajo una sugestión hipnótica, Juan Darién recordara su vida de bestia salvaje. Y los chicos que lean esto y no sepan de qué se habla pueden preguntarlo a las personas grandes.

Por lo cual el inspector subió a la tarima y habló así:

—Bien, niño. Deseo ahora que uno de ustedes nos describa la selva. Ustedes se han criado en ella y la conocen bien. ¿Cómo es la selva? ¿Qué pasa en ella? Esto es lo que quiero saber. Vamos a ver, tú — añadió dirigiéndose a un alumno cualquiera—. Sube a la tarima y cuéntanos lo que hayas visto.

El chico subió, y aunque estaba asustado, habló un rato. Dijo que en el bosque hay árboles gigantes, enredaderas y florecillas. Cuando concluyó, pasó otro chico a la tarima, y después otro. Y aunque todos conocían bien la selva, todos respondieron lo mismo, porque los chicos y muchos hombres no cuentan lo que ven sino lo que han leído sobre lo mismo que acaban de ver. Y al fin el inspector dijo: Ahora le toca al alumno Juan Darién.

Juan Darién subió a la tarima, se sentó y dijo más o menos lo que los otros. Pero el inspector, poniéndole la mano sobre el hombro, exclamó:

—No, no. Quiero que tú recuerdes bien lo que has visto. Cierra los ojos.

Juan Darién cerró los ojos.

—Bien —prosiguió el inspector— Dime lo que ves en la selva.

Juan Darién, siempre con los ojos cerrados, demoró un instante en contestar.

—No veo nada —dijo al fin.

—Pronto vas a ver. Figurémonos que son las tres de la mañana, poco antes del amanecer. Hemos concluido de comer, por ejemplo... Estamos en la selva, en la oscuridad... Delante de nosotros hay un arroyo... ¿Qué ves?

Juan Darién pasó otro momento en silencio. Y en la clase y en el bosque próximo había también un gran silencio. De pronto, Juan Darién se estremeció, y con voz lenta, como si soñara, dijo:

—Veo las piedras que pasan y las ramas que se doblan... Y el suelo... Y veo las hojas secas que se quedan aplastadas sobre las piedras...

—¡Un momento! —le interrumpió el inspector— Las piedras y las hojas que pasan: ¿a qué altura las ves?

El inspector preguntaba esto porque si Juan Darién estaba «viendo» efectivamente lo que él hacía en la selva cuando era animal salvaje e iba a beber después de haber comido, vería también que las piedras que encuentran un tigre o una pantera que se acercan muy agachados al río, pasan a la altura de los ojos. Y repitió:

—¿A qué altura ves las piedras?

Y Juan Darién, siempre con los ojos cerrados, respondió:

—Pasan sobre el suelo... Rozan las orejas... Y las hojas sueltas se mueven con el aliento... Y siento la humedad del barro en...

La voz de Juan Darién se cortó.

—¿En dónde? —preguntó con voz firme el inspector—. ¿Dónde sientes la humedad del agua?

—¡En los bigotes! —dijo con voz ronca Juan Darién, abriendo los ojos espantado.

—¡Suelten los perros, pronto! —gritó el domador—. ¡Y encomiéndate a los dioses de tu selva, Juan Darién!

Y cuatro feroces perros cazadores de tigres fueron lanzados dentro de la jaula.

El domador hizo esto porque los perros reconocen siempre el olor del tigre; y en cuanto olfatearan a Juan Darién sin ropa, lo harían pedazos, pues podrían ver con sus ojos de perros cazadores las rayas de tigre ocultas bajo la piel de hombre.

Pero los perros no vieron otro cosa en Juan Darién que al muchacho bueno que quería hasta a los mismos animales dañinos. Y movían apacibles la cola al olerlo.

—¡Devóralo! ¡Es un tigre! ¡Toca! ¡Toca¡ —gritaban a los perros. Y los perros ladraban y saltaban enloquecidos por la jaula, sin saber a qué atacar.

La prueba no había dado resultado.

—¡Muy bien! —exclamó entonces el domador—. Estos son perros bastardos, de casta de tigre. No le reconocen. ¡Pero yo te reconozco, Juan Darién, y ahora nos vamos a ver nosotros!

Y así diciendo entró él en la jaula y levantó el látigo.

—¡Tigre! —gritó—. ¡Estás ante un hombre y tú eres un tigre! ¡Allí estoy viendo, bajo tu piel robada de hombre, las rayas de tigre! ¡Muestra las rayas!

Y cruzó el cuerpo de Juan Darién de un feroz latigazo. La pobre criatura desnuda lanzó un alarido de dolor, mientras las gentes enfurecidas repetían:

—¡Muestra las rayas de tigre!

Durante un rato prosiguió el atroz suplicio; y no deseo que los niños que me oyen vean martirizar de este modo a ser alguno.

—¡Por favor! ¡Me muero! —clamaba Juan Darién.

—¡Muestra las rayas! —le respondían.

—¡No„no! ¡Yo soy hombre! ¡Ay, mamá! —sollozaba el infeliz.

—¡Muestra las rayas!

Por fin el suplicio concluyó. En el fondo de la jaula, arrinconado, aniquilado en un rincón, sólo quedaba un cuerpecito sangriento de niño, que había sido Juan Darién. Vivía aún, y aún podía caminar cuando se le sacó de allí; pero lleno de tales sufrimientos como nadie los sentirá nunca.

Lo sacaron de la jaula, y empujándolo por el medio de la calle, lo echaban del pueblo. Iba cayéndose a cada momento, y detrás de él iban los muchachos, las mujeres y los hombres maduros, empujándolo.

—¡Fuera de aquí, Juan Darién! ¡Vuélvete a la selva, hijo de tigre y corazón de tigre! ¡Fuera, Juan Darién!

Y los que estaban lejos y no podían pegarle, le tiraban piedras.

Juan Darién cayó del todo, por fin, tendiendo en busca de apoyo sus pobres manos de niño. Y su

cruel destino quiso que una mujer, que estaba parada a la puerta de su casa sosteniendo en los brazos a una inocente criatura, interpretara mal ese ademán de súplica.

—¡Me ha querido robar mi hijo! —gritó la mujer— ¡Ha tendido las manos para matarlo! ¡Es un tigre! ¡Matémosle en seguida, antes que él mate a nuestros hijos!

Así dijo la mujer. Y de este modo se cumplía la profecía de la serpiente: Juan Darién moriría, cuando una madre de los hombres le exigiera la vida y el corazón de hombre que otra madre le había dado con su pecho.

No era necesaria otra acusación para decidir a las gentes enfurecidas. Y veinte brazos con piedras en la mano se levantaban ya para aplastar a Juan Darién, cuando el domador ordenó desde atrás con voz ronca:

—¡Marquémoslo con rayas de fuego! ¡Quemémoslo en los fuegos artificiales!

Ya comenzaba a oscurecer, y cuando llegaron a la plaza era noche cerrada. En la plaza habían levantado un castillo de fuegos de artificio, con ruedas, coronas y luces de Bengala. Ataron en lo alto del centro a Juan Darién, y prendieron la mecha desde un extremo. El hilo de fuego corrió velozmente subiendo y bajando, y encendió el castillo entero. Y entre las estrellas fijas y las ruedas girantes de todos los colores, se vio allá arriba a Juan Darién sacrificado.

—¡Es tu último día de hombre, Juan Darién! — clamaban todos—. ¡Muestra las rayas!

—¡Perdón, perdón! —gritaba la criatura, retorciéndose entre las chispas y las nubes de humo. Las ruedas amarillas, rojas y verdes giraban vertiginosamente, unas a la derecha y otras a la izquierda. Los chorros de fuego tangente trazaban grandes circunferencias; y en el medio, quemado por los regueros de chispas que le cruzaban el cuerpo, se retorcía Juan Darién.

—¡Muestra las rayas! —rugían aún de abajo.

—¡No, perdón! ¡Yo soy hombre! —tuvo aún tiempo de clamar la infeliz criatura. Y tras un nuevo surco de fuego, se pudo ver que su cuerpo se sacudía convulsivamente; que sus gemidos adquirían un timbre profundo y ronco; y que su cuerpo cambiaba poco a poco de forma. Y la muchedumbre, con un grito salvaje de triunfe, pudo ver surgir por fin bajo la piel de hombre las rayas negras, paralelas y fatales del tigre.

La atroz obra de crueldad se había cumplido; habían conseguido lo que querían. En vez de la criatura inocente de toda culpa, allá arriba no había sino un cuerpo de tigre que agonizaba rugiendo.

Las luces de Bengala se iban también apagando. Un último chorro de chispas con que moría una rueda alcanzó la soga atada a las muñecas —no: a las patas del tigre, pues Juan Darién había concluido—, y el cuerpo cayó pesadamente al suelo. Las gentes lo arrastraron hasta la linde del bosque, abandonándolo allí, para que los chacales devoraran su cadáver y su corazón de fiera.

Pero el tigre no había muerto. Con la frescura nocturna volvió en sí, y arrastrándose presa de horribles tormentos se internó en la selva. Durante un mes entero no abandonó su guarida en lo más tupido del bosque, esperando con sombría paciencia de fiera que sus heridas curaran. Todas cicatrizaron por fin, menos una, una profunda quemadura en el costado, que no cerraba, y que el tigre vendó con grandes hojas.

Porque había conservado de su forma recién perdida tres cosas: el recuerdo vivo del pasado, la habilidad de sus manos, que manejaba como un hombre, y el lenguaje. Pero en el resto, absolutamente en todo era una fiera, que no se distinguía en lo más mínimo de los otros tigres.

Cuando se sintió por fin curado, pasó la voz a los demás tigres de la selva para que esa misma noche se reunieran delante del gran cañaveral que lindaba con los cultivos. Y al entrar la noche, se encaminó silenciosamente al pueblo. Trepó a un árbol de los alrededores, y esperó largo tiempo inmóvil. Vio pasar bajo él, sin inquietarse a mirar siquiera, pobres mujeres y labradores fatigados, de aspecto miserable; hasta que al fin vio avanzar por el camino a un hombre de grandes botas y levita roja.

El tigre no movió una sola ramita al recogerse para saltar. Saltó sobre el domador, de una manotada lo derribó desmayado, y cogiéndolo entre los dientes por la cintura, lo llevó sin hacerle daño hasta el juncal.

Allí al pie de las inmensas cañas que se alzaban invisibles, estaban los tigres de la selva moviéndose en la oscuridad, y sus ojos brillaban como luces que van de un lado para otro. El hombre proseguía desmayado. El tigre dijo entonces:

—Hermanos: Yo viví doce años entre los hombres, como un hombre mismo. Y yo soy un tigre. Tal vez pueda con mi proceder borrar más tarde esta mancha. Hermanos: esta noche rompo el último lazo que me liga al pasado.

Y después de hablar así, recogió en la boca al hombre que proseguía desmayado y trepó con él a lo más alto del cañaveral, donde lo dejó atado entre dos bambúes. Luego prendió fuego a las hojas secas del suelo, y pronto una llamarada crujiente ascendió.

Los tigres retrocedían espantados ante el fuego. Pero el tigre les dijo:

—Paz, hermanos. —Y aquellos se apaciguaron, sentándose de vientre con las patas cruzadas a mirar.

El juncal ardía como un inmenso castillo de artificio. Las cañas estallaban como bombas, y sus haces se cruzaban en aguadas flechas de color. Las llamaradas ascendían en bruscas y sordas bocanadas, dejando bajo ellas lívidos huecos; y en la cúspide, donde aún no llegaba el fuego, las cañas se balanceaban crispadas por el calor.

Pero el hombre tocado por las llamas había vuelto en sí. Vio allá abajo a los tigres con los ojos cárdenos alzados a él —y lo comprendió todo.

—¡Perdón, perdónenme! —gritó retorciéndose—. ¡Pido perdón por todo!

Nadie contestó. El hombre se sintió entonces abandonado de Dios, y gritó con toda su alma:

—¡Perdón, Juan Darién!

Al oír esto, Juan Darién alzó la cabeza y dijo fríamente:

—Aquí no hay nadie que se llame Juan Darién. No conozco a Juan Darién. Este es un nombre de hombre, y aquí todos somos tigres.

Y volviéndose a sus compañeros, como si no comprendiera, preguntó;

—¿Alguno de ustedes se llama Juan Darién?

Pero ya las llamas habían abrasado el castillo hasta el cielo. Y entre las agudas luces de Bengala que entrecruzaban la pared ardiente, se pudo ver allá arriba un cuerpo negro que se quemaba, humeando.

—Ya estoy pronto, hermanos —dijo el tigre—. Pero aún me queda algo por hacer.

Y se encaminó de nuevo al pueblo, seguido por los tigres sin que él lo notara. Se detuvo ante un pobre y triste jardín, saltó la pared, y pasando al costado de muchas cruces y lápidas, fue a detenerse ante un pedazo de tierra sin ningún adorno, donde estaba enterrada la mujer a quien había llamado madre ocho años. Se arrodilló —se arrodilló como un hombre—, y durante un rato no se oyó nada.

—¡Madre! —murmuró por fin el tigre con profunda ternura—. Tú sola supistes, entre todos los hombres, los sagrados derechos de la vida, de todos los seres del universo. Tú sola comprendiste que el hombre y el tigre se diferencian únicamente por el corazón. Y tú me enseñaste a amar, a comprender, a perdonar. ¡Madre! Estoy seguro de que me oyes. Soy tu hijo siempre, a pesar de lo que pase en adelante, pero de ti solo. ¡Adiós, madre mía!

Y viendo al incorporarse los ojos cárdenos de sus hermanos que lo observaban tras la tapia, se unió otra vez a ellos.

El viento cálido les trajo en ese momento, desde el fondo de la noche, el estampido de un tiro.

—Es en la selva —dijo el tigre—. Son los hombres. Están cazando, matando, degollando.

Volviéndose entonces hacia el pueblo que iluminaba el reflejo, de la selva encendida, exclamó:

—¡Raza sin redención! ¡Ahora me toca a mí!

Y retomando a la tumba en que acababa de orar, arrancose de un manotón la venda de la herida, y escribió en la cruz con su propia sangre, en grandes caracteres, debajo del nombre de su madre:

Y   JUAN DARIEN

—Ya estamos en paz —dijo. Y enviando con sus hermanos un rugido de desafío al pueblo aterrado, concluyó—: Ahora, a la selva ¡Y tigre para siempre!

Cuando los asuntos se pusieron decididamente mal, Borderán y Cía., capitalistas de la empresa de Quebracho y Tanino del Chaco, quitaron a Braccamonte la gerencia. A los dos meses la empresa, falta de la vivacidad del italiano, que era en todo caso el único capaz de haberla salvado, iba a la liquidación. Borderán acusó furiosamente a Braccamonte por no haber visto que el quebracho era pobre; que la distancia a puerto era mucha; que el tanino iba a bajar; que no se hacen contratos de soga al cuello en el Chaco —léase chasco—; que, según informes, los bueyes eran viejos y las alzaprimas más, etcétera, etcétera. En una palabra, que no entendía de negocios.

Braccamonte, por su parte» gritaba que los famosos cien mil pesos invertidos en la empresa, lo fueron con una parsimonia tal, que cuando él pedía cuatro mil pesos, enviábanle tres mil quinientos; cuando dos mil, mil ochocientos. Y así todo. Nunca consiguió la cantidad exacta. Aun a la semana de un telegrama recibió ochocientos pesos en vez de mil que había pedido.

Total: lluvias inacabables, acreedores urgentes, la liquidación, y Braccamonte en la calle, con diez mil pesos de deuda.

Este solo detalle debería haber bastado para justificar la buena fe de Braccamonte, dejando a su completo cargo la deficiencia de dirección. Pero la condena pública fue absoluta: mal gerente, pésimo administrador, y aun cosas más graves.

En cuanto a su deuda, los mayoristas de la localidad perdieron desde el primer momento toda esperanza de satisfacción. Hízose broma de esto en Resistencia.

«¿Y usted no tiene cuentas con Braccamonte?» —era lo primero que se decían dos personas al encontrarse. Y las carcajadas crecían si, en efecto, acertaban. Concedían a Braccamonte ojo perspicaz para adivinar un negocio, pero sólo eso. Hubieran deseado menos cálculos brillantes y más actividad reposada. Negábanle, sobre todo, experiencia del terreno. No era posible llegar así a un país y triunfar de golpe en lo más difícil que hay en él. No era capaz de una tarea ruda y juiciosa, y mucho menos visto el cuidado que el advenedizo tenía de su figura: no era hombre de trabajo.

Ahora bien, aunque a Braccamonte le dolía la falta de fe en su honradez, ésta le exasperaba menos, a fuer de italiano ardiente, que la creencia de que él no fuera capaz de ganar dinero. Con su hambre de triunfo, rabiaba tras ese primer fracaso.

Pasó un mes nervioso, hostigando su imaginación. Hizo dos o tres viajes a Rosario, donde tenía amigos, y por fin dio con su negocio: comprar por menos de nada una legua de campo en el suroeste de Resistencia y abrirle salida al Paraná, aprovechando el alza del quebracho.

En esa región de esteros y zanjones la empresa era fuerte, sobre todo debiendo efectuarla a todo vapor; pero Braccamonte ardía como un tizón. Asocióse con Banker, sujeto inglés, viejo contrabandista de obraje, y a los tres meses de su bancarrota emprendía marcha al Salado con bueyes, carretas, muías y útiles. Como obra preparatoria tuvieron que construir sobre el Salado una balsa de cuarenta bordalesas. Braccamonte, con su ojo preciso de ingeniero nato, dirigía los trabajos.

Pasaron. Marcharon luego dos días, arrastrando penosamente las carretas y alzaprimas hundidas en el estero, y llegaron al fin al Monte Negro.

Sobre la única loma del país hallaron agua a tres metros, y el pozo se afianzó con cuatro bordalesas desfondadas. Al lado levantaron el rancho campal, y en seguida comenzó la tarea de los puentes. Las cinco leguas desde el campo al Paraná estaban cortadas por zanjones y riachos, en que los puentes eran indispensables. Se cortaban palmas en la barranca y se las echaba en sentido longitudinal a la corriente, hasta llenar la zanja. Se cubría todo con tierra, y una vez pasados bagajes y carretas avanzaban todos hacia el Paraná.

Poco a poco se alejaban del rancho, y a partir del quinto puente tuvieron que acampar sobre el terreno de operaciones. El undécimo fue la obra más seria de la campaña. El riacho tenía sesenta metros de ancho, y allí no era utilizable el desbarracamiento en montón de palmas. Fue preciso construir en forma pilares de palmeras, que se comenzaron arrojando las palmas, hasta lograr con ellas un piso firme. Sobre este piso colocaban una línea de palmeras niveladas, encima otra transversal, luego una longitudinal, y así hasta conseguir el nivel de la barranca. Sobre el plano superior tendían una línea definitiva de palmas, afirmadas con clavos de urunday a estacones verticales, que afianzaban el primer pilar del puente. Desde esta base repetían el procedimiento, avanzado otros cuatro metros hacia la barranca opuesta. En cuanto al agua, filtraba sin ruido por entre los troncos.

Pero esa tarea fue lenta, pesadísima, en un terrible verano, y duró dos meses. Como agua, artículo principal, tenían la límpida, si bien oscura, del riacho. Un día, sin embargo, después de una noche de tormenta, aquél amaneció plateado de peces muertos. Cubrían el riacho y derivaban sin cesar. Recién al anochecer, disminuyeron. Días después pasaba aún uno que otro. A todo evento, los hombres se abstuvieron por una semana de tomar esa agua, teniendo que enviar un peón a buscar 1a del pozo; que llegaba tibia.

No era sólo esto. Los bueyes y muías se perdían de noche en el campo abierto, y lo peones, que salían al aclarar, volvían con ellos ya alto el sol, cuando el calor agotaba a los bueyes en tres horas. Luego pasaban toda la mañana en el riacho luchando, sin un momento de descanso, contra la falta de iniciativa de los peones, teniendo que estar en todo, escogiendo las palmas, dirigiendo el derrumbe, afirmando, con los brazos arremangados, los catres de los pilares, bajo el sol de fuego y el vaho, asfixiante del pajonal, hinchados por tábanos y barígüís. La greda amarilla y reverberante del palmar les irritaba los ojos y quemaba los pies. De vez en cuando sentíanse detenidos por la vibración crepitante de una serpiente de cascabel, que sólo se hacía oír cuando estaban a punto de pisarla.

Concluida la mañana, almorzaban. Comían, mañana y noche, un plato de locro, que mantenían alejado sobre las rodillas, para que el sudor no cayera dentro. Esto, bajo su único albergue, un cobertizo hecho con cuatro chapas de cinc, que enceguecían entre moarés de aire caldeado. Era tal allí el calor, que no se sentía entrar el aire en los pulmones. Las barretas de fierro quemaban en la sombra.

Dormían la siesta, defendidos de los polvorines por mosquiteros de gasa que, permitiendo apenas pasar el aire, levantaban aún la temperatura. Con todo, ese martirio era preferible al de los polvorines.

A las dos volvían a los puentes, pues debían a cada momento reemplazar a un peón que no comprendía bien —hundidos hasta las rodillas en el fondo podrido y fofo del riacho, que burbujeaba a la menor remoción, exhalando un olor nauseabundo. Como en estos casos no podían separar las manos del tronco, que sostenían en alto a fuerza de riñones, los tábanos los aguijoneaban a mansalva.

Pero, no obstante esto, el momento verdaderamente duro era el de la cena. A esa hora él estero comenzaba a zumbar, y enviaba sobre ellos nubes de mosquitos, tan densas, que tenían que comer el plato de locro caminando de un lado para otro. Aun 1 así no lograban paz; o devoraban mosquitos o eran devorados por ellos. Dos minutos de esta tensión acababa con los nervios más templados.

En estas circunstancias, cuando acarreaban tierra al puente grande, llovió cinco días seguidos, y el charque se concluyó. Los zanjones, desbordados, imposibilitaron nueva provista, y tuvieron que pasar quince días a locro guacho —maíz cocido en agua únicamente—. Como el tiempo continuó pesado, los mosquitos recrudecieron en forma tal que ya ni caminando era posible librar el locro de ellos. En una de esas tardes, Banker, que se paseaba entre un oscuro nimbo de mosquitos, sin hablar una palabra, tiró de pronto el plato contra el sudo, y dijo que no era posible vivir más así; que eso no era vida; que él se iba. Fue menester todo el calor elocuente de Braccamonte, y en especial la evocación del muy serio contrato entre ellos para que Banker se calmara. Pero Braccamonte, en su interior, había pasado tres días maldiciéndose a sí mismo por esa estúpida empresa.

El tiempo se afirmó por fin, y aunque el calor creció y el viento norte sopló su fuego sobre las caras, sentíase aire en el pecho por lo menos. La vida suavizóse algo —más carne y menos mosquitos de comida—, y concluyeron por fin el puente grande, tras dos meses de penurias. Había devorado dos mil setecientas palmas. La mañana en que echaron la última palada de tierra, mientras las carretas lo cruzaban entre la gritería de triunfo de los peones, Braccamonte y Banker, parados uno al lado del otro, miraron largo rato su obra común, cambiando cortas observaciones a su respecto, que ambos comprendían sin oírlas casi.

Los demás puentes, pequeños todos, fueron un juego, además de que al verano había sucedido un seco y frío otoño. Hasta que por fin llegaron al río.

Así, en seis meses de trabajo rudo y tenaz, quebrantos y cosas amargas, mucho más para contadas que pasadas, los dos socios construyeron catorce puentes, con la sola ingeniería de su experiencia y de su decisión incontrastable. Habían abierto puerto a la madera sobre el Paraná, y la especulación estaba hecha. Pero salieron de ella con las mejillas excavadas, las duras manos jaspeadas por blancas cicatrices de granos, con rabiosas ganas de sentarse en paz a una mesa con mantel.

Un mes después —el quebracho siempre en suba—. Braccamonte habla vendido su campo, comprado en ocho mil pesos, en veintidós mil. Los comerciantes de Resistencia no cupieron de satisfacción al verse pagados, cuando ya no lo esperaban —aunque creyeron siempre que en la cabeza del italiano había más fantasía que otra cosa.

Ayer de mañana tropecé en la calle con una muchacha delgada, de vestido un poco más largo que lo regular, y bastante mona, a lo que me pareció. Me volví a mirarla y la seguí con los ojos hasta que dobló Ja esquina, tan poco preocupada ella por mi plantón como pudiera haberlo estado mi propia madre. Esto es frecuente.

Tenía, sin embargo, aquella figurita delgada un tal aire de modesta prisa en pasar inadvertida, un tan franco desinterés respecto de un badulaque cualquiera que con la cara dada vuelta está esperando que ella se vuelva a su vez, tan cabal indiferencia, en suma, que me encantó, bien que yo fuera el badulaque que la seguía en aquel momento.

Aunque yo tenía que hacer, la seguí y me detuve en la misma esquina. A la mitad de la cuadra ella cruzó y entró en un zaguán de casa de altos.

La muchacha tenía un traje oscuro y muy tensas las medias. Ahora bien, deseo que me digan si hay una cosa en que se pierda mejor el tiempo que en seguir con la imaginación el cuerpo de una chica muy bien calzada que va trepando una escalera. No sé si ella contaba los escalones; pero juraría que no me equivoqué en un solo número y que llegamos juntos a un tiempo al vestíbulo.

Dejé de verla, pues. Pero yo quería deducir la condición de la chica del aspecto de la casa, y seguí adelante, por la vereda opuesta.

Pues bien, en la pared de la misma casa, y en una gran chapa de bronce, leí;

DOCTOR SWINDENBORG FISICO DIETETICO

¡Físico dietético! Está bien. Era lo menos que me podía pasar esa mañana. Seguir a una mona chica de traje azul marino, efectuar a su lado una ideal ascensión de escalera, para concluir...

¡Físico dietético!... ¡Ah no! ¡No era ése mi lugar, por cierto! ¡Dietético! ¿Qué diablos tenía yo que hacer con una muchacha anémica, hija o pensionista de un físico dietético? ¿A quién se le puede ocurrir hilvanar, como una sábana, estos dos términos disparatados: amor y dieta? No era todo eso una promesa de dicha, por cierto. ¡Dietético!... ¡No, por Dios! Si algo debe comer, y comer bien, es el amor. Amor y dieta... ¡No, con mil diablos!

Esto era ayer de mañana. Hoy las cosas han cambiado. La he vuelto a encontrar, en la misma calle, y sea por la belleza del día o por haber adivinado en mis ojos quién sabe qué religiosa vocación dietética, lo cierto es que me ha mirado.

«Hoy la he visto..., la he visto... y me ha mirado...»

¡Ah, no! Confieso que no pensaba precisamente en el final de la estrofa, lo que yo pensaba era esto: cuál debe ser la tortura de un grande y noble amor, constantemente sometido a los éxtasis de una inefable dieta...

Pero que me ha mirado, esto no tiene duda. La seguí, como el día anterior, y como el (ha anterior, mientras con una idiota sonrisa iba soñando tras los zapatos de charol, tropecé con la placa de bronce:

DOCTOR SWINDENBORG FISICO DIETETICO

¡Ah! ¿Es decir, que nada de lo que yo iba soñando podría ser verdad? ¿Era posible que tras los aterciopelados ojos de mi muchacha no hubiera sino una celestial promesa de amor dietético?

Debo creerlo así, sin duda, porque hoy, hace apenas una hora, ella acaba de mirarme en la misma calle y en la misma cuadra; y he leído claro en sus ojos el alborozo de haber visto subir límpido a mis ojos un fraternal amor dietético...

Han pasado cuarenta días. No sé ya qué decir, a no ser que estoy muriendo de amor a los pies de mi chica de traje oscuro... Y si no a sus pies, por lo menos a su lado, porque soy su novio y voy a su casa todos los días.

Muriendo de amor... Y sí, muriendo de amor, porque no tiene otro nombre esta exhausta adoración sin sangre. La memoria me falta a veces: pero me acuerdo muy bien de la noche que llegué a pedirla.

Había tres personas en el comedor —porque me recibieron en el comedor—: el padre, una tía y ella. El comedor era muy grande, muy mal alumbrado y muy frío. El doctor Swindenborg me oyó de pie, mirándome sin decir una palabra. La tía me miraba también, pero desconfiada. Ella, mi Nora, estaba sentada a la mesa y no se levantó.

Yo dije todo lo que tenía que decir, y me quedé mirando también. En aquella casa podía haber de todo; pero lo que es apuro, no. Pasó un momento aún, y el padre me miraba siempre. Tenía un inmenso sobretodo peludo, y las manos en los bolsillos. Llevaba un grueso pañuelo al cuello y una barba muy grande.

—¿Usted está bien seguro de amar a la muchacha? —me dijo, al fin.

—¡Oh, lo que es eso! —Le respondí No contestó nada, pero me siguió mirando. —¿Usted come mucho? —me preguntó.

—Regular —le respondí, tratando de son— reírme.

La tía abrió entonces la boca y me señaló con el dedo como quien señala un cuadro:

—El señor debe comer mucho... —dijo.

El padre volvió la cabeza a ella:

—No importa —objetó—. No podríamos poner trabas en su vía...

Y volviéndose esta vez a su hija, sin quitar las manos de los bolsillos:

—Este señor te quiere hacer el amor —le dijo— ¿Tú quieres?

Ella levantó los ojos tranquila y sonrió:

—Yo, sí-repuso.

—Y bien —me dijo entonces el doctor, empujándome del hombro—. Usted es ya de la casa; siéntese y coma con nosotros.

Me senté enfrente de ella y cenamos. Lo que comí esa noche, no sé, porque estaba loco de contento con el amor de mi Nora. Pero sé muy bien lo que hemos comido después, mañana y noche, porque almuerzo y ceno con ellos todos los días.

Cualquiera sabe el gusto agradable que tiene el té, y esto no es un misterio para nadie. Las sopas claras son también tónicas y predisponen a la afabilidad.

Y bien: mañana a mañana, noche a noche, hemos tomado sopas ligeras y una liviana taza de té. El caldo es la comida, y el té es el postre; nada más.

Durante una semana entera no puedo decir que haya sido feliz. Hay en el fondo de todos nosotros un instinto de rebelión bestial que muy difícilmente es vencido. A las tres de la tarde comenzaba la lucha; y ese rencor del estómago digiriéndose a sí mismo de hambre; esa constante protesta de la sangre convertida a su vez en una sopa fría y clara, son cosas éstas que no se las deseo a ninguna persona, aunque esté enamorada.

Una semana entera la bestia originaria pugnó por clavar los dientes. Hoy estoy tranquilo. Mi corazón tiene cuarenta pulsaciones en vez de sesenta. No sé ya lo que es tumulto ni violencia, y me cuesta trabajo pensar que los bellos ojos de una muchacha evoquen otra cosa que una inefable y helada dicha sobre el humo de dos tazas de té,

De mañana no tomo nada, por paternal consejo del doctor. A mediodía tomamos caldo y té, y de noche caldo y té. Mi amor, purificado de este modo, adquiere día a día una transparencia que sólo las personas que vuelven en sí después de una honda hemorragia pueden comprender.

Nuevos días han pasado. Las filosofías tienen cosas regulares y a veces algunas cosas malas. Pero la del doctor Swindenborg — con su sobretodo peludo y el pañuelo al cuello— está impregnada de la más alta idealidad. De todo cuanto he sido en la calle, no queda rastro alguno. Lo único que vive en mí, fuera de mi inmensa debilidad, es mi amor. Y no puedo menos de admirar la elevación de alma del doctor, cuando sigue con ojos de orgullo mi vacilante paso para acercarme a su hija.

Alguna vez, al principio, traté de tomar la mano de mi Nora, y ella lo consintió por no disgustarme. El doctor lo vio y me miró con paternal ternura. Pero esa noche, en vez de hacerlo a las ocho, cenamos a las once. Tomamos solamente una taza de té.

No sé, sin embargo, qué primavera mortuoria había aspirado yo esa tarde en la calle. Después de cenar quise repetir la aventura, y sólo tuve fuerzas para levantar la mano y dejarla caer inerte sobre la mesa, sonriendo de debilidad como una criatura.

El doctor había dominado la última sacudida de la fiera.

Nada más desde entonces. En todo el día, en toda la casa, no somos sino dos sonámbulos de amor. No tengo fuerzas más que para sentarme a su lado, y así pasamos las horas, helados de extraterrestre felicidad, con la sonrisa fija en las paredes.

Uno de esos días me van a encontrar muerto, estoy seguro. No hago la menor recriminación al doctor Swindenborg, pues si mi cuerpo no ha podido resistir a esa fácil prueba, mi amor, en cambio, ha apreciado cuanto de desdeñable ilusión va ascendiendo con el cuerpo de una chica de oscuro que trepa una escalera. No se culpe, pues, a nadie de mi muerte. Pero a aquellos que por casualidad, me oyeran, quiero darles este consejo de un hombre que fue un día como ellos:

Nunca, jamás, en el más remoto de los jamases, pongan los ojos en una muchacha que tiene mucho o poco que ver con un físico dietético.

Y he aquí por qué:

La religión del doctor Swindenborg —la de más alta idealidad que yo haya conocido, y de ello me vanaglorio al morir por ella— no tiene sino una falla, y es ésta: haber unido en un abrazo de solidaridad al Amor y la Dieta. Conozco muchas religiones que rechazan el mundo, la carne y el amor. Y algunas de ellas son notables. Pero admitir el amor, y darle por único alimento la dieta, es cosa que no se le ha ocurrido a nadie. Esto es lo que yo considero una falla del sistema; y acaso por el comedor del doctor vaguen de noche cuatro o cinco desfallecidos fantasmas de amor, anteriores a mí

Que los que lleguen a leerme huyan, pues, de toda muchacha mona cuya intención manifiesta sea entrar en una casa que ostenta una gran chapa de bronce. Puede hallarse allí un gran amor, pero puede haber también muchas tazas de té.

Y yo sé lo que es esto.